KB168738

별밤일기

황금알 시인선 290

별밤일기

초판발행일 | 2024년 6월 27일

지은이 | 옥경운
펴낸곳 | 도서출판 황금알
펴낸이 | 金永馥
주간 | 김영탁
편집실장 | 조경숙
표지디자인 | 칼라박스
주소 | 03088 서울시 종로구 이화장2길 29-3, 104호(동숭동)
전화 | 02)2275-9171
팩스 | 02)2275-9172
이메일 | tibet21@hanmail.net
홈페이지 | http://goldegg21.com
출판등록 | 2003년 03월 26일(제300-2003-230호)

별밤일기

옥경운 시집

황금알

석양 길을 걸으며

다섯 번째 시집이다,
차일피일하다 보니 많이 늦었다.
석양 길을 걸으며
동녘 하늘을 바라보니
지난날들이 그립다,
먼저 간 친구들이 보고 싶고
내가 오른 산들이 그립다.
이 그리움들을 가슴에 안고
지는 해를 바라본다,
이번 시집은
내가 살아온 날들의 그리움이다.

여름날, 관악산 자락에서
옥경운

차 례

2부

3부

4부

5부

■ 발문 | 김영탁
현대시에 담긴 자연과 기억의 조화 · 103

1부

물 반지

계절병이 도져
여름바다에 왔다.
예쁜 조약돌 하나 주워
물수제비를 뜬다.

물장구치며 놀던
그 바닷물에서
통 통 통,
뛰어다니는 내 조약돌,

내 조약돌을
가슴에 꼭 끌어안고
내 앞으로 밀어 보내는
그대 물 반지,

그 물 반지 끼고
오늘 하루 그대 생각하며
여기 머물고 싶다.

눈밭에 하트그림

눈밭에 하트그림,
사랑 꽃이 피었다.

길가 하얀 눈밭에
누가 그렸는지
하트심장 안에서
여자애하고 남자애가 손을 잡고
다정하게 웃고 있다.

짝꿍인지,
친구 사이인지 모르지만
눈밭에 핀
사랑 꽃이 예쁘다.

두 사람 그냥 그대로
사랑 꽃으로 활짝 피라고
하트 그림 옆에 나도
촛불을 하나 밝혀놓는다.

하늘을 바라봅니다

만나면 반갑다고 손을 잡고
서로 끌어안는 우린데,
우리가 무슨 잘못을 했는지
친구도 멀리하고
부모자식도 막연히
그냥 바라만 봐야 하는지,
하늘을 바라봅니다.
언제까지 입과 코를 막고
반가운 사람을 만나도
손도 못 잡아보고 떨어져서
거리를 두고 살아야 하는지
하늘을 바라봅니다.
방호복을 입고 숨을 헐떡거리며
환자를 돌보는 의료진은
또 무슨 잘못이 있는지
모든 것이 정지된 세상에
바이러스만 기승을 부리나,
이 지독한 코로나19 바이러스를
이제 그만 지구촌에서 거두어 주소서

간절히, 간절히,
하늘을 바라봅니다.

내 꽃

미소가

예쁜

그대,

눈길만 스쳐도

빙그레 미소 짓는

예쁜

내 꽃,

그대.

호박

넝쿨이 별을 달고
하늘을 품더니만

탯줄에 점지받은
자식들 오순도순

세상을 모나지 않게
둥글둥글 살구나.

오래된 골목

세월이 참 멀리 왔는데―,
이 근처에 왔다가 문득 생각이 나서
옛날에 살았던 집골목
아무 생각 없이 그냥 들렀다.
집도 대문도 조금 낡았을 뿐
옛날 그대로다.

우리가 살던 방에
지금은 누가 살고 있는지
그때 그 이웃들은
그대로 살고 있는지―,

대문을 열고
누가 나올 것만 같아
그만 돌아서지만,
발걸음이 영 떨어지질 않는다.

무언가를 두고 가는 것 같은
허전한 마음이

모퉁이를 돌아서며 또
돌아다본다.

보물1호

세상에 하나뿐인 것이
제일 소중한 것,

소중한 것은
귀하게 여기고
마음을 다해서
사랑한다.

세상에 하나뿐인
너도,
우리 보물,
볼수록 예쁜
보물 1호다.

참 소중한
우리 보물 1호,
우리는 믿고
사랑한다.

귀염둥이

눈을 맞추면

방긋방긋 웃는

애기.

꽃이다,

볼수록

예쁜 꽃,

귀염둥이.

가족이란 울타리

하늘이 맺어준
가족이란 울타리

안아주고 품어주는
울타리 안에서
믿고,
서로 의지하면서
함께 살아가는
선택받은 안식처

힘들 때 힘이 되어 주는
세상에서 제일 편한
가족이란 울타리.

손님

그제는 가을비가
온종일 내리더니

어제는 창문으로
잎 새가 날아들고

오늘은 첫눈이 오네,
그날처럼 오시네.

빛바랜 사진

세월이 멈춘 갈대밭에서
우리는 웃고 있지만
마음은 갈대처럼 흔들렸던가,

세상 끝까지 함께 가자고 다짐을 하며
서로 어깨를 기대고 밤을 바래다 준
그대 방 불빛이 참 따뜻했는데,

세월이 그만해도
그대 방 불빛을
나는 왜 잊질 못하나,

흔들리면서
꽃을 피우는 갈대처럼
기도하면서

내 마음 추억 속
그대 방 창문 앞에
해바라기 꽃씨 하나 심는다.

그만 오라고

밤새워 뒤척이다
새벽에 찾아왔다.

또 올 줄 너는 알고
억새꽃으로 피어나서

날 보고 그만 오라고
하얀 손을 흔드나.

의지해 살았는데
나는야 어쩌라고

네가 날 보내야지
내가 널 보내다니

저 어린 조카들 보기가
죄인처럼 괴롭다.

미소 짓고 다가오는 그대

그대가
환하게 미소 짓고
다가올 때,

그대는
한 송이 꽃이었다.

눈 쌓인 내 가슴에
활짝 웃는
꽃 한 송이,

환하게 미소 짓고
다가오는 그대,
웃음꽃.

명자꽃

명자꽃이 피었다.
우리 고향 명자네 집에도
봄이면 붉은 입술에
노랑꽃술이 참 아름다운
명자꽃이 피었는데,
그 명자꽃이 지금도 피는지

한 우물물을 먹고 자란
고향의 명자가 생각난다.
그 명자가 방긋방긋 웃으며
오빠―, 나야,
나―, 명자―, 한다,
참 오랜만에 생각나는
그 이름,
명자.

먼 그리움

세월이

아무리 흘러도

눈에서

가슴에서

떠나지 못하는

너는,

우리 생인손,

생인발이다.

별밤일기

손을 뻗어
별 하나 딸까,

지리산의 밤하늘은
별 세상이다.

이 많은 별들 속에
네가 사는 별은
어느 별이냐,

천왕봉에서
떨어지는 별 하나
가슴에 안았다,

별을 가슴에 안고
별 꿈을 꾼다,

별이 되어
별이 된 너를
만나보고 싶다.

함박눈이 오시네

오늘이 우리할머니 제삿날인데
하늘에서 함박눈이오시네
목화송이 같은 함박눈이
3월에 오시네,

자나 깨나 손자 생각
애지중지 품에 안고
좋다는 것은 다해서 먹이고
키워주신 우리할머니,
하늘나라 가서도 지켜주셨는데,
돌아가실 때는 군에 있어서
임종도 못해드렸네요.

함박눈을 두 손으로 받아서
가슴에 꼬옥 안고
함박눈이 내리는
하늘을 올려다봅니다.
내 옷이었던
우리할머니 목화송이.

2부

낙서 벽

벽에 있는 낙서를 읽으니
사람 사는 세상이 보인다.
시끄러운 정치판이 보이고
아픈 청춘들이 보인다.

머리띠를 두른 격문에
대중들 울분이 보이고
네 편 내 편이 보인다.

손가락 아픈 친구가 보이고
고백하지 못한 사랑이 보인다.

아무에게도 말하지 못하고
꾹 참고 사는 그
속마음을 드러내는
저 낙서들 속에
우리 마음속 세상이 보인다.

내 낙서벽이 궁금하다.

장미꽃

장미꽃을
손으로 만졌다가
그만,
가시에 찔렸다.

손이 따끔거리고
피가 난다.

예쁜 꽃이라고
함부로 만지고
건드리지 말라고

따끔하게
침을 주는
장미꽃,
쉽게 다가갈 수 없는
그대를 닮았다.

산 친구

둘이 다니다
혼자 온 북한산.

의상능선 벼랑길을
서로 믿고 의지하고
앞에서 뒤에서
밀어주고 잡아주면서
힘들어도 즐기면서 그렇게
둘이 오른 벼랑길인데,
혼자 오르니 외롭다.

능선에 홀로 서서
백운대 인수봉 만경대
삼각산, 명승10호 바라보니
여기서 사진을 찍던
산 친구가 더 그립다.

겨울 산의 등불

낙엽 지고
눈 쌓인 겨울 산,

눈꽃 피우고
상고대로 서서
나이테 하나 더 새기는
나무들,

송아리, 송아리
방울방울 빠알간 열매들이
꽃처럼 아름답다.

허기진 산새들의 희망,
저 빠알간 열매들,
황량한 겨울 산의 등불이다.

12송이 산나리 꽃

산나리 꽃이 피었다.
꽃대 하나에
12송이 꽃이 피는
그 산나리 꽃이
올해도 12송이 꽃이 피었다.

6,7월이면
산나리 꽃을 찾아
벼랑을 타고 사진을 찍던 산 친구,
그 벼랑길을
오늘은 피해가고 싶었는데
발이 기억하고
걸음걸음 찾아왔다.

산 친구가 이사 간
예봉산 자락에
이 산나리 꽃 12송이
꽃등을 달아주고 싶다.

외딴집

마을에서
한 참 떨어진
산 밑,

외딴집에
널려있는 빨래가
새물내를 내며
깃발처럼 팔랑거린다.

'이 집에
사람이 살고 있다'고
멍 멍 개가 짖고
닭이 운다. 꼬 끼 오.

대가 꽃이 피었다

꽃 피우고
죽는다는
대.

가진 것 버리기는 어렵다고
죽순으로 세상에 나올 때부터
마디마디 속을 텅 비우고 나오는 대,

다 비우고 가진 게 없어야
곧은 절개로 푸르게
푸르게 살 수 있다고

그렇게 다 비우고
곧게 푸르게
한 백 년 살다가

사리 꽃을 피우면
비로소 신선이 되는
대가 꽃이 피었다.

5—1번

5—1번은
산 친구하고 전철을 탈 때
승강장에서
둘이 만나는 장소다.

길이였던 산 친구는
가고 없는데
나는 습관처럼
오늘도
5—1번을 찾아간다.

5—1번에 서서
함께 오른 산
벼랑길을 생각하며
계단 쪽을 바라본다.

저녁놀

지는 해가
아름답다.

붉게 타오르는
노을 밭에서

자기 길을 찾아
자기 길을 가면서

다시 한 번
돌아다보는

뒷모습이
아름답다.

눈꽃 지는 소리

눈 쌓인 관악산을
혼자서 오르는데

뒤에서 발소리가
따라오는 것 같아

무심코 돌아다보니
눈꽃 지는 소리네.

풀꽃과의 만남

해마다 보는
이 풀꽃하고
정이 들었다.

봄이 오면
이 풀꽃도 내가 그리워
이 산 이 바위틈을 찾아와서
예쁘게 웃고 있는데,

나는 혹시나 하면서
올해도 찾아왔구나.

나에게
봄을 기다리게 해 주는
이 풀꽃,
올해를 밝히는 촛불이다.

바위섬

산봉이 되지 못한
외로운 저 바위섬

가슴속 설움인가
목메어 우는 파도

설악을 향한 발돋움이
화석으로 굳었다.

해거름 풍경 하나

늦가을 들녘 길을
경운기 한 대가
자투리 해를 끌고
해거름을 가고 있다.

해지기 전에
남은 벼 가마니를
싣고 와야 한다고
지는 해를 끌고
숨 가쁘게 달려가는 경운기.

경운기한테
끌려가지 않으려고
용을 쓰는 해가
벌겋다.

개밥바라기별

초저녁 서쪽 하늘에 뜬
개밥바라기별,
갈 길이 멀다.
가슴에 샛별을 품고
밤하늘 나그네가 되어
밤을 걸어 별밤을 걸어간다.

비가 오나 눈이 오나 바람이 불거나
미리내를 건너 샛별 자리를 향해 쉬지 않고
외로운 밤을 걷고 또 걸어간다.
가는 길이 아무리 힘들어도
절대로 꿈은 포기하지 않는다고
자신하고 싸우면서 걸어간다.

그렇게 먼 길을 걸어가서
동쪽 하늘에 반짝반짝,
샛별로 뜨면 비로소
개밥바라기별이 꿈을 이룬 별이 된다.
샛별이 된다.

굄돌

가파른 산비탈에
작은 바위 하나가
집채만 한 바위를
온몸으로 받치고 있다.
저 작은 것이
제 몸뚱이보다 열 배는 더
덩치가 큰 것을 이고지고
얼마나 힘이 들까―,
산행길에 늘 측은하게 생각했는데,

폭우가 쏟아진 다음 날 보니까
쏟아지는 물이나 토사를
큰 바위가 온몸으로 막아
작은 바위는
몸에 물 한 방울 젖지 않았다.
온몸으로 작은 바위를 감싸고
안아주는 큰 바위,
그냥 굄돌로만 생각했는데 ―,
둘이는 한 몸으로 살고 있다.

도라지꽃

자주 오는 산
숲속 바위틈에
도라지꽃 한 송이,
보라색 꽃봉오리가
예쁘다.

사진을 찍던
산 친구,
그림자가 어른거리는
저 꽃,

손닿지 않는
저 벼랑 끝에
저렇게
꼭꼭 숨겨두고
혼자서만 보고 싶다.

3부

말을 많이 한 죄와 벌

내가 말을 너무 많이 했나,
말조심을 하지 않고
말로 상처를 준 벌을 받는가,
입과 코를 막고
서로 거리를 두고
가까이 다가갈 수도 없어
부모형제도 마음대로 만날 수가 없다.
친구도 만나지 못하고
그냥 집에 갇혀서
사는 게 사는 게 아니다.

꽃피는 봄이 오면
꽃 산행을 가기로 한 고향친구가
병원에 입원을 했다고 연락이 왔는데
병문안을 갈 수가 없고
마음만 달려가서 쾌유를 빌고 또 빈다.
언제쯤 내 죄를 용서받고
봄 같은 봄이 와서 꽃길을 걸으며
이 마스크를 벗고
부모형제도 친구도 마음대로 만날 수 있을거나.

여
— 암초

모두가 잘났다고
입에 거품을 물어도
나서기가 싫어서
꼭꼭 숨어있는 여, 암초.

세상이 어지러울 때는
벌떡 일어나서
힘을 보여주고 싶은
유혹도 받지만,

물속에 납작 엎드려
모르는 척 귀를 막고
있어도 없는 듯이
영영 이렇게 살고 싶은 여,
암초.

한 번 불러보고 싶다

내 안에는
들어오지도 못하고

나가지도 못하고

내 안에서만 사는
말—,

경계인으로

한 번도 불러보지 못한
부를 수도 없었던,

가슴 속에 묻고 살은
그 말—,

큰소리로 한 번
불러보고 싶다.

봄내

쑥이다,

눈 속에서
쑥 나온다.

여기도 쑥,
저기도 쑥,

죽음의 땅에서

어린 생명들이
일가를 이루고

쑥 나오는
봄내.

첫눈이 오는 날

기다리던
첫눈이 오는 날
눈길을 걸어가는데
핸드폰이 울린다.

예,
여보세요,
……,

여보세요,
아무 말도 없이
그냥 끊어 버린다.

누굴까,
혹시―,
아닐 거야,
아닐 거야.

생강나무 꽃

죽었던 나무가

가지마다 뾰족 뾰족,

노랑 꽃눈을 뜬다.

이월,

눈발이 날리는데

봄이 문을 열고 나온다.

언제

오랜만에
친구한테 전화를 했더니

잘 지내나―,
언제―,
얼굴 한 번 보자,
그래―,

'언제'는 빼고
그냥―,
'얼굴 한 번 보자'고 하면
'몇 시에―,
어디서' 할 것인데,

그 언제가
내일 모래가 되는지,
한 달 후가 되는지,
기약 없는 약속이다.
언제―.

풀꽃

어쩌다
척박한 땅에
잡초로 생겨나서
수많은 발길에
밟히고 밟히면서도
죽지 못해 살아서
꽃 한 송이 피웠다.

발길도 조심조심
다가와 눈을 맞추고
'풀꽃'이라고
이름을 불러준다,
풀꽃.

꽃 피우지 못했으면
그냥 잡촌데―,
예쁜 이름,
풀꽃.

소문

어둠속 눈빛 하나
잔별로 부서져서

한 입 건너 두 입
귀대고 소곤소곤

소문이 쓸고 다녀도
우리 둘만 몰랐네.

인연이 닿지 않은
야속한 그 세월을

미련이 테를 메고
불씨 하나 담아 보니

그때가 그리움인 걸
지금에야 알겠네.

백목련

산기슭에
키 큰 백목련나무가 꽃이 피어
3월의 신부처럼
흰 드레스를 곱게 차려입고
우아하게 서 있다.

백목련 주위에는 개나리 진달래
매화꽃 앵두꽃 조팝나무꽃
복사꽃 산벚나무꽃,
봄꽃이 한꺼번에 피어
꽃눈이 펄펄 날리고
산새들이 노래하고
벌 나비가 너울너울 춤을 춘다.

저 우아한 3월의 신부 손을 잡고
꽃길을 걸었던 때가 언제였던가,
돌이켜보니 엊그젠데,
어느새 눈길을 걷고 있다.

신바람

풀 한 포기 없는
새 놀이터,
새들의 놀이터에는
새들이 떼로 몰려와서
쉴 새 없이 쨱 쨱 쨱,
쨱 쨱 쨱 수다를 떤다.

신바람이 나서 드러눕고
흙을 끼얹으면서 뒹군다.

저 신바람으로 깃을 펴고
하늘을 나는 새들처럼
우리 아픈 청춘들에게도
저렇게,
신바람이 나는
놀이터가 있었으면 좋겠다.

어제는 그만 잊고

오늘내일,
오늘내일하다가
마음이 편치 않아
그냥 빙그레 미소 짓고
다가갔더니
너도 그냥
빙그레 손을 내민다.

어제는 그만 잊고
내가 말을 하면
네가 빙그레 미소 짓고
네가 말을 하면
내가 빙그레 웃는다.

우리는 그렇게
닫힌 마음을 열고
마주 보고 빙그레 웃는다.

입춘 날

입춘날 나무들이
눈꽃 피어 하얗다.

힘들게 걸어온 길
그 끝이 보이는데,

손닿을 한두 걸음은
기어라도 가야지.

눈 맞춤

부담스럽다고
눈을 피하면
마음도 피한다.

그래도
어쩌다 서로
눈이 마주치면
피하지 않고
그냥 빙그레 미소 짓는
우리,

그렇게
조금씩 조금씩
한 발 더 다가가는
우리,
눈 맞춤.

해바라기 꽃

젊은 두 남녀가
전철 출입문에 기대서서
서로 눈빛을 주고받으며
빙그레 미소 짓는 모습이
참 보기 좋은 꽃이다.

전철에 해바라기 꽃이 피었다.

미소를 주고받으며
자연스럽게 피는 꽃,
바라보는 눈들도
다 해바라기가 되어
주위가 달달한 꽃밭이다.

갯마을

바다에 목숨 걸고
살아가는 사람들이

바닷가 언덕 위에
따개비 집을 짓고

따개비 서로 붙어사는
갯마을이 정겹다.

5월의 숲길

초록이 눈부신
5월의 푸른 숲,
산새들이 노래하는
숲속 꽃길을 걷는다.
짙푸른 나무마다 꽃이 피어
가지를 살랑살랑 흔들면서
꽃잎이 날린다.
아카시아 이팝나무 찔레나무
장미 산딸나무 때죽나무
불두화 철쭉 팥배나무
층층나무 귀룽나무 노린재나무,
다 자기 꽃을 피운 나무들,
이 푸른 나무들 꽃 속에 묻혀
꽃향기 가득한 숲속 길을 걸으면
푸르게, 푸르게 살고 싶은 5월이다.
어릴 때 뒷동산 꽃밭에서 함께 놀며
뜬소문을 피운 친구들,
5월이면 고향 친구들이 그립다.

4부

유등

도림천에 유등 하나 떠
흘러간다.
누가―,
무엇을 기원하며
유등을 띄웠을까,

저 유등은 기원하며
기원하며 한강으로 흘러가서
바다까지 갈 수 있을는지,

제 몸을 태워서
눈물로 기원하는 촛불,
봉헌의 눈물이 쌓이면
유등은 별이 되겠지,

그런 간절함으로
저 유등에
나와 내 마음 밭에 인연들,
소망 하나씩 실어
하늘을 쳐다본다.

잔설

도봉산 포대능선
천만 길 바위틈에

때 놓친 잔설들이
신선처럼 모여앉아

저만치 연두색 피는
세월 하나 보고 있다.

되 게

'되 게'라는 말속에
하늘도 있고 땅도 있다.

더 이상 오를 수 없는
'되 게'의 하늘,

더 이상 떨어질 곳이 없는
'되 게'의 땅.

누구나 다 '되 게'의 하늘에 올라
'되 게'가 되고 싶지만,

'되 게'의 하늘은
피땀으로 지켜야 하는 하늘이다.

그래도 한번은
'되 게'의 하늘이 되고 싶은 것이다,
"되 게".

산딸나무 꽃

하얀 나비, 나비 떼

수만 마리 나비가

너울, 너울

춤을 추는 산딸나무,

하늘을 올려다보고

가슴을 활짝 벌린

저 하얀 헛꽃,

십자가 나무에

부활하는 순교자.

부시통

산골 민박집에서
부시통을 봤다.

선대부터 내려오는 것이라는데,
하도 신기해서
부시와 부싯돌을 만져보다가
호기심에 부시로 부싯돌을 쳤더니
번쩍―,
수줍은 듯이 불꽃을 피운다.

대를 이어 밥을 해먹고
몸을 데우고
어둠을 밝힌 이 부시통,

비록 세월에 밀려나기는 했지만
언제든지 번쩍 불꽃을 피우는
이 부시와 부싯돌,
선대의 불씨가 살아있는
민박집이 참 따뜻하다.

겨울 산사

겨울 산 눈을 이고
세상도 내려놓고

산사는 길을 닫고
침묵 속에 잠겼는데

이따금 풍경소리가
눈산을 깨운다.

한 발 먼저 온 봄

눈발이 날리는
예봉산에

발가벗고 나와
철없이 웃고 있는
진달래꽃 한 송이,

한 발 먼저 온 봄이
반갑기도 하고
안쓰럽기도 하지만,

봄을 기다리는 산도
황량한 내 가슴에도
연분홍 꽃물이 든다.

밤에 온 첫눈

첫눈이 밤에 왔네,
얼어서 빙판인데,

희미한 발자국이
눈 위에 남아 있네.

창밖에 그이가 와서
서성이다 갔는지.

'엄만'데

시장에서 장사를 하며
94살 되신 어머니를 모시고 사는 친구,
엄마가 물은 싫다고 달달한 사이다
콜라 주스만 찾는다고 한다.

종이 기저귀는 감당할 수가 없어
천 기저귀를 쓴다고 하길래
물밖에 없다고
그냥 물을 드리라고 했더니

그래도 '엄만'데—,
사시면 얼마나 더 사실 거라고
엄마가 먹고 싶다고
먹고 싶다고 달라는데
어찌 안 줄 수가 있나,
'엄만'데—,

그러는 친구에게
시설이란 말은 꺼내지도 못했다.

겨울나무

태풍에 요동치고
비 오면 함께 젖은

잎 새들 떠나보낸
겨울 산 저 나무들

가슴에 서리꽃을 피우고
아파하며 서 있다.

서로 길이 되어

내 잘못인데,
빙그레 미소 짓고 다가와
먼저 손을 내밀은
네가,
다시 우리 길이 되었다.

자존으로 묵은 길에
네 손과,
부끄러운 내 손이
마주 잡고
서로 길이 되었다.

그 길 위에서
너와 나
그리고 우리는
참 편하게 웃고 있다.

잎눈

죽었던 나무들이
가지마다 잎눈을 뜬다.

얼음구덩이 속에
뿌리를 묻고
온몸이 꽁꽁 얼어붙은
극한의 상황에서
희망의 싹이 나온다.

이제
꽃샘잎샘추위만 이겨내면
잎눈이 활짝 필
나무들,

이월의 잎눈은
햇살이 머물다 가는
예쁜 꽃이다.

전화 한 통

생각지도 못한
네 전화를 받고
내 생각에만 갇혀 살았던
내가 부끄러웠다.

가끔 무슨 말결에 들리는
네 소식을 외면했던
내가,

아무 일도 없었던 것처럼
늘 하던 대로
안부를 묻는다.

우리는 그렇게
다시 우리가 된 것이다.
네 전화 한 통에.

진달래 참꽃

잔설이 남아 있는
때 이른 봄 산에
연분홍 미소로
환하게 웃고 있는
진달래,
참꽃,

내 어린 시절
입이 파랗게 따먹고
따먹어도
배가 고팠던 꽃인데,
허기진 그리움으로
우리 집 뒷산을 찾아왔구나.

진달래,
참꽃 따먹었던
유년의 그 참꽃밭에서
뜬소문들이
나비 나비로 날아다닌다.

보슬비가 오는 날

보슬 보슬
보슬비가 오는 날
너는 가고
나는 그 비를 맞고 서서
오랫동안 손을 흔들었다.

오늘도 보슬 보슬
보슬비가 오는데,

수많은 세월이 흘렀건만
그때처럼
네 뒷모습이 아련히 떠올라
창가에 서서 말없이
나는 또 손을 흔든다.

아카시아 꽃

오월이면 잊지 않고
향기로 찾아와서
벌과 나비들에게
푸짐한 잔칫상을 차려주는
아카시아 꽃이 피었다.

송아리, 송아리
손 모아 고개 숙이고
멀리 있는 그대를
향기로 불러서
가진 것 아낌없이 주고
장렬히 산화하는
아카시아 꽃,
오월의 향기.

5부

해금강
— 명승2호

수수만년 바위로 벽을 쌓아
인간의 발길을 막고
세월이 풍경을 만들었다.
바람과 파도가 기암괴석을 만든 섬, 갈도.
바다의 금강산 거제해금강,
저 천만 길 단애에 견우직녀 송은
칠석날 밤에 둘이 오작교에서 만나는지,
사자바위가 불덩어리를 물었다 토해낸다.
세상의 평화를 기원하며 내 마음
촛대바위에 촛불을 밝힌다.
거북바위 해골바위 신랑신부바위
동방의 삼신산, 전설의 고향.
진시황의 불로초를 찾아 서불이가 데리고 온
동남동녀 삼천 명도 찾지 못한 그 불로초가
해금강 어디에 숨어있는가,
감로수 한 방울 받아먹으려고
십자동굴에서 천장을 보고 입을 쩍 벌리는
해금강, 명승2호.

소금강
― 명승1호

오대산 노인봉이 내려다보는
무릉계 청학동 소금강은
물도 향기가 난다.
굽이굽이 고운
물 향기가 난다.
십자소 · 연화담 · 구곡담,
물색 고운 이름처럼
물 향기도 곱다.
구룡폭포 · 광폭포 · 삼폭포 · 낙영폭포,
폭포소리 물소리가 박자를 타는
무릉계의 높고 낮은 꽃자리
귀면암 · 만물상,
세월의 흔적도 그림이 되어
풍경으로 떠오르는
청학동 소금강,
아무 데나 머물고 싶은
명승 1호.

용두암

제주도 바닷가
승천하지 못한
흑룡 한 마리,

용궁 식구들과
하늘을 날고 싶어서
머리를 쳐들고
한라산 신령님께
빌고 비는,
용두암 파도소리.

파도로 노랫가락을 풀어놓으며
살풀이춤을 추는 바다,
포말이 낭자한 용두암.
지구촌 사람들이 고개를 숙이고
용꿈을 꾸게 해 달라고
두 손을 모은다.

겨울 한라산

32년 만에 내렸다는 폭설로
135cm 눈이 쌓인 한라산을
성판악에서
눈비를 맞으며 오른다.
눈 쌓인 한라산은
새하얀 만물상이다.
눈이 시리도록
새하얀 만물상에
방울방울 매달린 얼음꽃,

물안개가 내리는
백록담은 하늘을 가득 담고
하늘 땅 경계가 없다.
풀잎마다 방울방울
수정고드름이 예쁜
겨울 한라산은
봄에 또 오라고
짙은 물안개로 휘장을 두르고
얼굴은 끝내 보여주지 않는다.

공곶이

동백꽃 터널을 지나니
수선화꽃동네다.
노랑꽃물결이 일렁이는
수선화꽃향기에 취하고
경치에 반하는
공곶이.

자연을 사랑하는
노부부의 피땀으로
다랑이 밭을 만들어서 이룬
자연농원.

윤슬이 눈부신 바다에서
숭어가 뛰고
내도가 한 폭의 그림이 되어
풍경으로 다가온다.

몽돌 구르는 소리 차르르 차르르,
돌담길 몽돌해변

이국정취가 풍기는 종려나무숲에
영화 속 주인공이 되고 싶은
연인들이 줄을 서는 공곳이.

두 마음

내가 좋아서 다닌
저 바윗길,
어쩌다 한번
삐끗했다고
다시는 안 볼 듯이
빗장 걸은 마음인 줄 알았는데,

멀리 돌아서 가도
눈은 그리로 간다.
내 마음속에
너는 아직 그대로 있구나.

외면할 수도 없는
저 바윗길,
그냥, 쓰담, 쓰담,
쓰다듬어
다시 길을 낼까,
편치 않은 마음을 위해.

북한산 신동엽길

북한산 신동엽길을 간다.
신동엽 시인은 어쩌자고
쉬운 길을 두고
하필이면 이천 길 낭떠러지
벼랑을 기어갔는지,
저 아득한 백운대까지
외로운 길을 내어
자기 길을 갔는지,
한 발 삐끗하면 지옥인데
무엇 때문에 네발로 기어서
껍데기하고 싸우면서까지
시인은 왜
말 없는 바위들을 친구로 삼고
친구를 찾아와서
시대의 벼랑길을 걸었는지,
네발로 기어서 전망바위에 올랐다.
한강을 바라보고 울부짖는
시인의 절규가 들린다.

바람의 언덕

풍차가 돌아가는
바람의 언덕
물색이 참 고운 바다
초록등대가 유람선하고
눈빛을 주고받는다.

학동해수욕장 몽돌밭,
흑진주 구르는 소리,
차르르, 차르르,
외도 꽃향기도 묻어오는
도장포 작은 잔디언덕, 띠밭 늘.

한려해상국립공원
언덕 위에 풍경으로 서서
쉬지 않고 돌아가는 풍차,

드라마나 영화 속 주인공처럼
푸른 바다와 갈매기 데리고
그림 속에 풍경이 되어
누구나 주인공이 되는,
거제도 바람의 언덕.

눈 쌓인 산을 오르며

눈 쌓인 새벽 산이
환하고 고요하다.

축 처진 나뭇가지
눈을 이고 무겁겠다.

사는 게 저리도 힘들고
쉬운 삶은 없구나.

선재도 목섬

선재도와 목섬 사이에
모세의 기적이 일어나고
신비한 바닷길이 열린다.

드라마 속 주인공처럼
연인들이 손을 잡고
금빛 모랫길을 걷는다.

선재도 목섬에 오면
모세의 기적이 일어난
이 바닷길처럼,

자기들이 가는 길에도
행운의 기적이 일어나기를
바라는 마음들이다.

운악산 미륵바위

운악산 미륵바위
마음속 물상인가,

간절히 기원하며
두 손 모은 저 사람들

현등사 목탁소리가
축문처럼 들린다.

신선대

작은 몽돌밭
함목 해수욕장에서
해수욕을 하고
잠시 쉬러 간 바위,
신선대.
다포도 · 병대도 · 천장산,
다도해 오색바위들이
파도 속에 풍경으로
두둥실 떠오르는 신선대.

파도와 몽돌이 빚어내는
천상의 화음으로
차르르, 차르르,
몸과 마음을 헹구며
갈매기 데리고
다도해 풍경이 되어
누구나 신선이 되는
거제도 신선대.

용문산 바윗길

천년 세월을 건너온
은행나무가 바람 귀를 세우고
법당을 기웃거리는 용문사에
세상사 다 내려놓고
밧줄을 물고 있는
용문산 바윗길을 오른다.
빠끔히 내다보는 하늘이
내가 안을 하늘인 줄 알고 올라서면
더 높은 바위가 긴 밧줄을 물고 우뚝 서 있고
하늘이 또 빠끔히 내다본다.
밧줄을 물고 있는 바위를 넘고 또 넘어
용문산 가섭봉에 올라
드디어 내 하늘을 안았다.
벼랑을 타고 능선을 넘고 넘어
정상을 향해 가는 길이 아무리 힘들어도
바위들이 손을 잡아줄 때까지
이 바윗길이 또 그리울 것이다.

망산
— 천하일경

물색이 아름답다,
물꽃이 반짝반짝 피고 지는 다도해
한려해상국립공원.
유람선이 그림같이 떠서
망망대해에 풍경이 되어 흘러간다.

갈매기는 전령처럼
이 섬 저 섬을 날아다니고
여차, 무지개, 홍포, 명사, 저구,
갯마을이 수채화 속에 절경이다.

끝없이 펼쳐지는 푸른 바다,
수평선에 점점이 떠있는 섬들이
눈 닿으면 풍경이 되어
두둥실 떠오르는
거제도 망산 천하일경,

섬마다 이야기가 있고
이야기 속에 전설이 살고 있는

대소병대도, 매물도, 석문도,
가왕도, 연화도, 비진도, 장사도,
크고 작은 섬들이 꿈길처럼 아름다운
이 망산에서 망지기로 살고 싶다.

녹색동행
— 빈자리

올 3월에도
천마산에는 복수 초
노루귀 얼레지 꽃이 피었다.

다섯 사람이었던 녹색동행이
네 사람의 동행으로
봄 풀꽃 산행을 온
천마산,

산이 어렵게 피워낸
풀꽃들인데—,
눈 속에 핀 복수초 꽃,
노루귀 얼레지 꽃을 보고도
그렇게 반갑지가 않았다.

가슴에 촛불 하나씩 밝히고
그냥 말없이 꽃구경만 했다.
우리의 길이었던
동행의 빈자리가 너무 컸다.

현대시에 담긴 자연과 기억의 조화

— 옥경운 시집 『별밤일기』

김 영 탁(시인 · 『문학청춘』 주필)

옥경운 시인은 외롭고 쓸쓸한 그리고 아득히 잊혀진 공간에 주목한다. 그 공간에서 익명의 존재나 추억을 환기하는 대상들을 불러모아 노래함으로서, 그 외진 공간은 다시 생명을 얻어 진경산수화眞境山水畫로 태어난다. 그가 노래하고 그리는 진경眞境들은 전통적인 서정의 뿌리를 내리면서, 인간과 자연의 교감을 중시한다. 물론 현실의 단순한 재현이 아니라, 대상의 재구성을 통하여 호명함으로써, 그것들은 다시 숨을 얻어 스스로 살아서 작동한다. 그 얽매임 없는 시편들은 서정의 감흥과 정취를 감동적으로 구현하였다는 데 그 특색이 있다.

한편, 옥경운 시인의 시편들은 소박하다. '소박한 것은 위대하다'라고 웅변한 19세기의 프랑스 시인 프랑시스 잠(1868~1938)의 시가 자연스럽게 떠오른다. 그는 시인 윤동주와 백석이 사랑한 시인이다. 프랑시스 잠은 사소

한 무정물에도 '조그만 영혼들'이라 호명하며, 영혼을 심었다. 옥경운 시인은 자연과 인간의 삶을 소박하게 연결하여, 자연 속에서 인간의 심상과 기억을 호명하면서, 절제 있는 아름다움을 표상한다.

마을에서
한 참 떨어진
산 밑,

외딴집에
널려있는 빨래가
새물내를 내며
깃발처럼 팔랑거린다.

'이 집에
사람이 살고 있다'고
멍 멍 개가 짖고
닭이 운다, 꼬 끼 오.

− 「외딴집」 전문

시 「외딴집」은 단순 소박한 정경을 그리고 있지만, 산 밑의 외딴집에 널려있는 빨래가 산뜻한 물내를 내뿜으며, '사람이 살고 있다'라고 깃발을 흔든다. 유치환의 "소리 없는 아우성"(「깃발」)과 결은 다르지만, 깃발(빨래)의 공통점은 바람을 전제로 한다. 눈에 보이지 않은 바람을 먹으면서 깃발은 살아 움직이는 것이다. 옥경운 시인의 따뜻한 시선은 작고 여리고 혼자인 것에 시선을 던지면서 무정물인 빨래와 개와 닭까지 새로운 생명의 기운을 불러일으킨다.

넝쿨이 별을 달고
하늘을 품더니만

탯줄에 점지 받은
자식들 오순도순

세상을 모나지 않게
둥글둥글 살구나.

-「호박」 전문

「호박」 시는 호박을 통하여 생명의 잉태와 탄생을 그리면서, "세상을 모나지 않게/ 둥글둥글" 사는 통찰로 원융의 세계를 지향하고 있으면서, 자연과 생명의 순환을 상징적으로 그려내고 있다. 호박 넝쿨이 별을 달고 하늘을 품는 이미지는 땅에서 태어났지만, 하늘까지 넉넉하게 품는 품성은 소박한 듯하나 광대무변하다. 탯줄에 점지받은 자식들이 둥글둥글 살아가는 모습은 자연의 조화와 인간의 생명을 축복하고 있다. 이 시는 자연 속에서의 인간 삶의 화평과 순환을 강조하며, 자연과 인간의 조화를 시각적으로 전달한다.

　세월이 참 멀리 왔는데―,
　이 근처에 왔다가 문득 생각이 나서
　옛날에 살았던 집골목
　아무 생각 없이 그냥 들렀다.
　집도 대문도 조금 낡았을 뿐
　옛날 그대로다.

　우리가 살던 방에
　지금은 누가 살고 있는지
　그때 그 이웃들은
　그대로 살고 있는지―,

　대문을 열고
　누가 나올 것만 같아
　그만 돌아서지만,
　발걸음이 영 떨어지질 않는다.

　무언가를 두고 가는 것 같은
　허전한 마음이
　모퉁이를 돌아서며 또
　돌아다본다.

―「오래된 골목」 전문

특정한 공간에서 기억을 소환하여 삶의 여정이 화자 자신뿐만 아니라, 타인들에게도 보이지 않는 끈으로 연결함으로써, 인간에 대한 따뜻한 휴머니즘이 물씬 풍기는 작품이다. 오래된 골목은 과거와 현재를 연결하는 공간적 매개체로서의 골목을 중심으로 한 서정시이다. 화자는 옛날 살았던 집과 골목을 방문하면서 과거의 기억을 떠올리고, 현재와의 연결을 시도한다. 대문을 열고 누가 나올 것 같은 느낌, 발걸음을 돌리면서도 허전한 마음은 시간의 흐름 속에서 변하지 않는 공간의 의미를 공고히 하면서 상기시킨다. 이 시는 인간의 기억과 감정이 물리적 공간에 어떻게 투영되는지를 잘 보여주고 있다.

　　명자 꽃이 피었다.
　　우리 고향 명자네 집에도
　　봄이면 붉은 입술에
　　노랑꽃술이 참 아름다운
　　명자 꽃이 피었는데,
　　그 명자 꽃이 지금도 피는지

　　한 우물물을 먹고 자란
　　고향의 명자가 생각난다.
　　그 명자가 방긋방긋 웃으며
　　오빠―, 나야,
　　나―, 명자―, 한다,

참 오랜만에 생각나는
그 이름,
명자.

-「명자 꽃」 전문

'명자'라는 이름은 21세기 한국사회에서 거의 작명되지 않는 이름이다. 화자는 '명자'를 호명함으로써 아득한 옛시절로 돌아간다. 고향의 노랑꽃술이 이쁜 명자꽃과 한 우물물을 먹고 자란 소박하고 방긋방긋 웃는 이웃사촌 명자가 오버랩된다.

「명자꽃」 시는 꽃을 매개로 한 고향의 기억과 정서를 담고 있다. 명자꽃은 시인의 고향과 그곳에 사는 사람들을 떠올리게 하는 중요한 상징이다. 고향의 명자를 생각하며, 그녀의 웃음소리와 이름을 떠올리는 화자는 자연 속에서 인간의 따뜻한 정을 느낀다. 이 시는 자연 속에서 피어나는 꽃과 인간의 감정이 아름답게 얽혀서 삼투작용을 일으키고 있다.

손을 뻗어
별 하나 딸까.

지리산의 밤하늘은
별 세상이다.

이 많은 별들 속에
네가 사는 별은
어느 별이냐,

천왕봉에서
떨어지는 별 하나
가슴에 안았다,

별을 가슴에 안고
별 꿈을 꾼다,

별이 되어
별이 된 너를
만나보고 싶다.

－「별밤일기」 전문

　시 「별밤일기」는 별을 가슴에 안고 별 꿈을 꾸면서, 별이 되고 별이 된 그리운 이를 만날 수 있는 동화 같은 아름다운 서정을 노래하고 있다. 별을 중심으로 꿈과 소망을 그린 시이다. 지리산의 밤하늘은 별 세상이 되어 화자에게 무한한 상상력을 제공한다. 별 속에서 사랑하는 이를 찾고, 가슴에 안은 별을 통해 꿈을 꾸는 모습은 시적 상상력의 극점을 보여준다.

　'별밤일기'라는 말 자체도 다양한 재미를 더한다. 별밤에 쓰는 일기일 수도 있고, 하늘의 별밤 자체가 비밀이

가득한 일기장으로 환치된다. 가슴 벅찬 별밤이 펼쳐진 공간에서 화자의 꿈과 소망이 어떻게 피어나는지를 시적으로 밤하늘에 아름다운 수繡를 놓았다.

눈 쌓인 관악산을
혼자서 오르는데

뒤에서 발소리가
따라오는 것 같아

무심코 돌아다보니
눈꽃 지는 소리네.
— 「눈꽃 지는 소리」 전문

「눈꽃 지는 소리」는 시조의 형식에도 들어맞지만, 거의 선시에 가까운 면모를 유지하고 있다. "무심코 돌아다보니/ 눈꽃 지는 소리"는 우리가 잊고 지낸 평범한 일상이지만, 시인의 시안詩眼으로 태어난 눈꽃 지는 소리는 예사롭지가 않을 터이다. 하늘에서 떨어지는 눈꽃이라니, 화자는 지상의 꽃들이 소멸한 눈 내리는 겨울에 천상의 낙화로 이미 떠난 꽃들을 위로하며, 화답한다. 평이한 듯하지만, 눈꽃 지는 소리로 시인은 지상에 적멸보궁을 건축한다.

쑥이다.

눈 속에서
쑥 나온다.

여기도 쑥,
저기도 쑥,

죽음의 땅에서

어린 생명들이
일가를 이루고

쑥 나오는
봄내.

–「봄내」

시「봄내」는 쑥의 성장으로 뭇 생명이 자라나는 풍경을 볼 수 있다. 이 시는 어른과 어린아이들이 함께하는 쑥의 잔치이면서, 어른의 눈동자에서 아이들이 태어나는 생명의 연속성을 노래하고 있다. 모든 생명은 필멸이라는 숙명을 안고 있다. 그러나 죽음을 통해서 다음 세대로 생명이 이어지는 행위는 영원성을 약속한다. 물론, 영원한 것은 없다고 할지라도, 생명의 연속성은 자연법칙과 연동하면서 생명운동은 지속할 것이다.

옥경운 시인의 소박한 시편들은 '소박한 것에 관한 위대함'을 발견한 프랑스 시인 프랑시스 잠과 연대하고 있다. 무정물과 유정물의 회통하는 교감으로 시인은 자연을 통해 인간의 삶을 재조명하고, 그 속에서 발견되는 아름다움과 생명력을 소박하게 그리면서, 유감없이 우리에게 소중한 것들을 선물하고 있다. 이러한 시적 면모는 독자들로 하여금 자연 속에서 자신의 삶을 다시금 돌아보게 하며, 자연과의 조화를 생각하게 한다. 옥경운 시인의 시편들은 한국 현대시의 자연주의와 향토적 감성을 잘 드러낸다. 자연의 아름다움과 인간의 기억과 심상을 결합하여 독특한 서정성을 표현한다. 이러한 시적 기법은 독자들에게 깊은 감동을 주며, 일상 속에서 발견되는 자연의 의미와 인간의 감정을 재조명하게 한다.

옥경운 시인은 우리가 지나치고 외면했던, 외롭고 쓸쓸한 공간에서 대상들을 호명하여 노래함으로서, 그 공간은 다시 생명을 얻어 진경산수화眞境山水畵 한 폭을 메마른 세상으로 보내고 있는 건 아닐까. 그 진경眞境들은 전통적인 서정의 뿌리와 함께, 인간과 자연의 동일시를 통해서 소박하면서 따뜻하게 그려내고 있다는 것이다.